Dans la même collection :

La pêche
Les crêpes
Le monsieur arrose
Les maisons
Les ciseaux
Les poules de Caroline
Il faut soigner le Père Noël
Le dauphin veut se laver
La grenouille
Drôle de temps !
La journée du Soleil
Le petit lion
As-tu le permis ?
Noël au zoo
Le chat coquin
Dans la forêt
Qui suis-je ?
Le chat arc-en-ciel
Plante...
La mer
Le géant
Je voudrais être...
En avant la musique
Moi, je n'ai peur de rien !
Bizarre !
La Lune
La brosse à dents
Les animaux
Après l'école
Cheval de nuit
Même si...
Mon pouce
Mon vélo

Imprimé en France par Jean Lamour (54 - Maxéville)
Dépôt légal : avril 2004 - N° Éditeur : 2004/10218

HISTOIRE DE MOTS

Ma maison

Illustrations : Maïté Laboudigue

Texte : à partir d'une création d'enfants

œuvre collective écrite sous la coordination de l'ICEM – Pédagogie Freinet

pemf

Je voudrais avoir
ma maison...

dans un arbre.

Mon lit serait
tout en haut...

dans les branches.

Le merle bâtirait son nid...

près de ma porte.

Les écureuils
me fabriqueraient...

un collier
de noisettes.

Mais dans le grand vent…

l'arbre
se fâcherait.

Dans la tempête...

je m'envolerais

avec ma maison.

Dans le ciel...

je tourbillonnerais.

Sur la Lune...

je me poserais.

Je lis les mots à l'aide de l'histoire.